写作原来好有趣

美丽的四季

MEILI
DE
SIJI

春卷

丁立梅　著

作家出版社

图书在版编目（CIP）数据

写作原来好有趣：美丽的四季·春卷 / 丁立梅著. -- 北京：作家出版社，2021.3

ISBN 978-7-5212-0625-8

Ⅰ．①写… Ⅱ．①丁… Ⅲ．①散文集 - 中国 - 当代 Ⅳ．①I267

中国版本图书馆CIP数据核字（2019）第142407号

写作原来好有趣：美丽的四季·春卷

作　　者：	丁立梅
责任编辑：	省登宇　周李立
装帧设计：	琥珀视觉
出版发行：	作家出版社有限公司

社　　址：北京农展馆南里10号　　邮　　编：100125

电话传真：86-10-65067186（发行中心及邮购部）
　　　　　86-10-65004079（总编室）

E-mail:zuojia@zuojia.net.cn

http://www.zuojiachubanshe.com

印　　刷：北京尚唐印刷包装有限公司

成品尺寸：180×210

字　　数：80千

印　　张：6.25

版　　次：2021年3月第1版

印　　次：2021年3月第1次印刷

ISBN　978-7-5212-0625-8

定　　价：29.80元

CONTENTS

目录

写在前面的话

一

每一个孩子从会说话起，其实就开始了他的创作。

这个时候的孩子，浑身充满着诗意的灵性。他如同春天新冒出芽的一棵小草，有着无与伦比的青嫩、清澈和清纯。

世界对于他来说，处处藏着神奇，清风明月、虫鸣鸟叫、花开草长、雨雪霜露，在他的眼里，都是初相见，哪一样不带着神奇的魔力？他睁着一双稚嫩的眼，靠近，靠近，再靠近，心里有着太多的为什么，哪怕一片草叶的摇动，也会让他兴趣盎然。

这个时候，天地就是一个魔性的城堡，推开一扇窗后，又出现一扇窗。推开一扇门后，又出现一扇门。那窗后门后藏着的，都是他未知的惊喜。他充满好奇，充满探究的欲望。认知世界，在他，就如同寻宝一般。

他的想象，开始蓬勃生长，小小脑袋里，挤满若干新鲜好玩的东西。他急于表达，从一个词开始，到一句完整的话，再到一口气能说上一小段的话——他在自己"创造"的语言里陶醉，乐而忘返，不知疲倦。

他不知道，他这是在"写作"，他在进行着一项有趣的，能够塑造他身心的事情。这段时期，倘使我们成人能够俯身向下，能够参与到他的世界中去，能够鼓舞他，赞赏他，不把他的童言稚语当幼稚，而是跟着他自由的性灵，天马行空地飞翔，惊喜着他的惊喜，好奇着他的好奇，适时地引领着他，向着事物的更深处漫游，呵护着他的那份天真，让一颗孩童的心，永远鲜艳地驻扎在他的身体里，那么，写作将会成为他最喜欢做的事，成为他的习惯和日常，就像呼吸一般。它是他亲密的伙伴，不可分离，到那时，他哪里还会惧怕它！纵使他长大后，不能成为一个诗人，一个作家，但他的眼睛和心灵会因日日有文字的浸润和相伴，而保持着洁净和纯粹，善良和美好，他的人生，会因此充满勃勃生机和无穷的趣味，灵魂因此而高贵，而闪闪发光。

写作，原是人生的一种修为。

二

孩子们为什么怕写作？那是因为他们不感兴趣。孩子们为什么对写作不感兴趣？那是因为写作不是出于他们本性和自由的需要，而是外界强迫的，是为了考试，是为了分数。倘若你问孩子们，为什么不喜欢写作呢？孩子们会异口同声告诉你：不——好——玩！

不好玩的事情，哪里能做得好！

写作若是会说话，它一定要大呼冤枉。它本是多么好玩的一件事，就像画画，就像唱歌，完全是出于内心的渴求，而不由自主发出的声音。文字，是在纸上行走的音符和声音。可是，它被谁给玩坏了，玩得面目可憎起来？让爱它的心，一点一点冷却、冷淡，最终冷漠。

我想到远古的先人们，在那样的蛮荒之中，心中的热爱，却旺盛似火。他们在旷野里劳作，在田间地头欢唱，唱眼中所见到的自然万物，唱心中的悲喜，唱出一部《诗经》来。"关关雎鸠，在河之洲。窈窕淑女，君子好逑"，多好啊，蓝天下，有绿洲，有小小的会唱歌的雎鸠鸟，还有美好的女儿家；"采采芣苢，薄言有之。采采芣苢，薄言有之。"还是在那蓝天下，在那旷野中，车前草绿成一片汪洋，采摘的手多么灵巧，采摘的动作多像跳舞，欢快的心随着那动作忽上忽下；"葛生蒙楚，蔹蔓于野。予美亡此，谁与独处"，葛藤和牡荆纠缠在一起，野葡萄藤爬满那些低矮的灌木，我心爱的人埋葬在这里，谁与之相伴相随？——旷野里，回响的都是那悲痛的长鸣。

这才是真正的写作，从自然中来，遵从生命的本性和自由，想快乐时就快乐，想悲伤时就悲伤，天地与之同欢同悲。

三

要让孩子真正热爱上写作，就必须让孩子回到他的本性和自由中去。

孩子的本性和自由在哪里？答案：在自然里。

我们人类是从自然中来，像世上万物一样，都是自然的一分子，有着天生的灵性。然而，走着走着，却脱离了自然，变得干涩，变得冷漠，变得麻木。

我在一个学校做讲座，讲座前，我问满场的孩子，我说知道从你们的校门口，到这个会场，都有些什么植物吗？有哪些植物眼下正开着花？

我充满期待地等着，遗憾的是，没有一个孩子能答得出来。他们日日生活的校园，日日走过的路旁，植物在蓬勃地长，他们不知道。花在沸沸地开，他们不知道。他们不知道茶花开着碗口大的花。不知道石楠捧着一串串红果子。不知道紫薇的叶子变红了，比花朵更漂亮。不知道银杏金黄的叶子，像金子雕的。他们不识李树、海棠和夹竹桃，甚至，闻不到那么浓烈的桂花香。更不用说，草地上的小蓟、婆婆纳、车前草和苦荬菜了，那些活泼的小灿烂，他们视而不见着。

当一个孩子对所处环境已熟视无睹漠不关心，我不知道这个孩子心中还有多少欢喜和热爱。当一个孩子心中缺少热爱，这个孩子又哪来的柔软和善良？当一个孩子没有了柔软和善良，他笔下的文字，又哪里会有生命的温度和温情？

　　我们常常强调要让孩子多读书，让他的灵魂高贵起来，我们恰恰忽略了，让孩子多多阅读大自然这本大书。

　　请让孩子回到自然中去，在自然的一花一草的浸润中，在行走与探索中，唤起他热爱生命的本能，找回他的本性和自由，让他自觉不自觉地用文字欢呼，让写作成为他的日常，使他最终也成为这世界美好的一分子。

序 美丽的四季

我爱春天。

春天的模样，是儿童的模样。一切都是簇新的、青嫩的、亮堂的。

它是调皮的一个小男生，喜欢跟你捉迷藏。

它也许躲在一棵小草的嫩芽里，吹着它绿绿的小气泡，小草就一点一点探出了头。

它也许躲在一块泥土的下面，那里，一只虫子还在睡懒觉。春天伸手搔它的痒痒，在它耳边大声唤："哦，快起床，我，最伟大最了不起的春天，来啦！"虫子惊得一跃而起。

它也许躲在一朵花苞苞里，把里面那些红颜色白颜色黄颜色尽情地往外掏。它掏呀掏呀，手脚并用。很快，它的脸变成大花脸了，手也变成大花手了，身子呢，也被染成大花身了。于是，桃花开了，梨花开了，菜花开了，全世界的花都开了。

它还有可能躲在一块冰层中，用它胖乎乎的暖暖的小手，去抚那冰冷的冰，冰渐渐地软了身子。是河里的小鱼最先发现的，哦，冰消融了，春水荡漾起来了。小鱼在水里面跳起了舞。

它还有可能藏在一缕风里面，柔软的呼吸，让风也变得柔软。小雀儿抖抖它的小身子，闻闻香喷喷的风，不相信地扑扑翅膀。春天偷偷吻了吻它的脸，哦，多温柔啊。就像妈妈的吻。小雀儿知道是谁来了，开心地欢唱起来，春天来了，春天来了！

花满窗，绿满阶，这是春天的杰作。它提着一支画笔，不动声色地，就把一个世界涂满了鲜艳的颜色。

这个时候，宝贝，你不要坐在家里，请走出家门，跟着一缕春风走吧，跟着一朵暖阳走吧，跟着一只蜜蜂走吧，去寻找最美的春天。

我爱夏天。

夏天的模样，是少年的模样，清秀、清灵，又热情似火。它爱耍酷，喜欢着一身绿衣衫，深深浅浅的绿，把人的眼睛，都给染绿了。

它是个爱好鼓捣乐器的少年。绿影幢幢，鸟鸣清脆，一个世界，仿佛都被它安上了乐器。

蟋蟀们在草丛中吹哨子。

纺织娘在弹拨六弦琴。

知了拉呀拉呀，拉的是手风琴。知了还擅长吹长号，鼓着腮帮子吹。

青蛙使的乐器一定是架子鼓，它们总是在雨后开音乐会。

荷花的香气，乘着风一阵阵袭来。雨后的蜻蜓，立在一朵荷花上。

瓜果累累。冰镇的西瓜，咬一口，一直凉到心窝窝。

跟着乌云来的是一场雨。在雨中奔跑的少年，眉宇间都是欢畅。风被雨洗得凉爽极了，天空被雨洗得干净极了。蓝天真蓝，白云朵真白，彩虹挂在天边。

最可爱的是夏天的夜晚，星星们密密匝匝，如小蝌蚪浮游在天上。这个时候，宝贝，你不要窝在空调间里，出门去吧。到一座桥上去等风，看月亮跑到水里面，看星星们在水里面变成小鱼在游。听听草丛里虫子们的欢唱，露珠儿滴落在草叶上。如果运气够好的话，还能逢着一片小树林，会遇到提着灯笼去赴约会的萤火虫。

我爱秋天。

秋天的模样，是小公主的模样，俏皮、华丽、丰衣足食。

它有着一双巧手，开着一家染料坊。它热情地给路过门前的客人们染色，柿子染成红的，红透了。枣子也染成红的，红透了。水稻染成金黄的，黄灿灿的。枫叶染成红的，红得似火。棉花染成白的，白得胜雪。银杏叶染成黄的，像黄花朵。层林渐染，江山华贵，你眼中所见的，无一不是斑斓的、绚烂的。

风呼啦啦吹过，树叶儿落满地，像滚了一地的碎金子。

真是富有啊。

秋天当然是富有的，掏一把出来是"金子"，再掏一把出来，还是"金子"。

倘若你走过它的门前，会被它捉住，给染成一个金灿灿的人呢。

这个时候的天空，高远明净。晚上的月亮又胖又圆，像硕大的白莲花开在天上。

到处都浸泡着桂花香，厚而黏稠。走在秋天的天空下，你随便伸手一戳，都能戳上一指的香甜。

亲爱的宝贝，别在屋子里待着，出门去吧，去染上一身秋色，再捡上几枚漂亮的叶子，把秋天最美的礼物，收藏在记忆里。

我爱冬天。

冬天是一个小王子，它喜欢着一身素装，白巾束额，有点高傲，有点清冷。

可是，它的面庞多么干净，它的灵魂多么晶莹剔透。

它擅长舞剑，剑术一流。风萧萧中，树枝摇摆，犹如万剑齐舞。

它偏爱空旷和安静。这个时候，天也是高的，地也是广的，雨点落下来，会凝结成冰。这是小王子送给这个世界的珍宝。

去摸摸冰块吧。再结实的冰块，也抵挡不住我们手心里的温暖，它会一点一点融化，滋润我们的日子。

夜晚，天上的星星不多，却亮得很。像点着的烛火。月亮有时像鱼丸子，浮在一锅清汤似的云朵中。在寂静里仰头看着，看着，会有种清香和安宁。天上正举行盛宴吧，这"鱼丸子"最终会被谁吃下去？

哦，哪里来的甜香，像揭开了一锅蜂糖糕？嘘，别说话，听，谁扛着香而来？

哦，是冬天这个小王子。他的肩上，正扛着一棵开满花的树。

是蜡梅。

楼下的蜡梅开了。

雪快下了吧。雪人快来敲门了。

等雪，是多么美好的一件事。

宝贝，就让我和你一起等着吧。

1 春天的天空

春天走在乡下，有种去赴盛宴的感觉。

珍馐美馔，数不尽的，一盘接一盘地端上，热腾腾的。绿的是麦苗，黄的是菜花。间或，还有一抹嫣红，或一株粉白。大自然的手笔，真是奢华。

小河弯弯，河边铺上锦绣毯了。菜花掉在河里。桃花掉在河里。绿柳掉在河里。一个花红柳绿的天空，掉在河里。

哎，天空真是又轻又亮，云朵像梨花瓣儿，飘飘洒洒。

躺在草地上仰望天空，望见白云深处，好似有个草原，青草一根一根冒出来了，花儿一朵一朵盛开了，天上也铺着锦绣毯了。羊

和人都很幸福，在那"锦绣毯"上徜徉。

晨起的天空十分的好看，可爱的绯红，像刚睡醒的少女的脸。

红红的太阳升起，映红人家的窗。

一棵绿树映在那红里头，仿佛是个要出嫁的公主。

我对着一朵杏花发了小半天的呆。

春天，常常让人如此发呆。无意中一抬头，我看到一个碧绿的天空，背景是碧绿的，云朵也是碧绿的，如绿萝，缠缠绕绕。

鸟叫声清澈，雨滴一般，滴滴流转，好似响在天上。

真想撑一支长篙，去往那绿云深深处。

◆同步诗词

春游曲

（唐）王涯

万树江边杏，新开一夜风。

满园深浅色，照在绿波中。

◆同步生字

yàn	xiū	zhuàn	yān	shē	fēi	gāo
宴	馐	馔	嫣	奢	绯	篙

◆同步词语

shèng	yàn		zhēn	xiū		yān	hóng
盛	宴		珍	馐		嫣	红

shē	huá		jǐn	xiù
奢	华		锦	绣

◆**文字游戏**

1. 仿写句子

（1）天空真是又轻又亮，云朵像梨花瓣儿，飘飘洒洒。

（2）我看到一个碧绿的天空，背景是碧绿的，云朵也是碧绿的，如绿萝，缠缠绕绕。

2. 短文练习

四时的天空各有不同，春天有春天的模样，它是属于五颜六色的。

走在这样的春天里，你是不是觉得自己像是一朵在行走的花朵，或是一棵在行走的鲜嫩的小草？春天的天空上，一定也开满了鲜花，长满了绿草。它诱惑着我们，想跑到它上面，再种些什么。

如果让你去春天的云朵上播种，你最想在上面种下的是什么呢？为什么？

_____

_____

_____

_____

_____

◆涂涂画画

给下面这段文字配幅插图：

碧绿的天空，碧绿的云朵，像绿萝一般的缠缠绕绕。小鸟撑一支长篙，驮着一船的鲜花，去往那绿云深深处。

② 春天的阳光

雨止。阳光哗啦啦来了。我总觉得，这个时候的阳光，浑身像装上了铃铛，一路走，一路摇着，活泼的，又是俏皮的。于是，沉睡的草醒了；沉睡的河流醒了；沉睡的树木醒了……昨天看着还光秃秃的柳枝上，今日相见，那上面已爬满嫩绿的芽。水泡泡似的，仿佛吹弹即破。

春天，在阳光里拔节生长。

春天的阳光，就跟喝醉了酒似的，风一吹，它的脚步就不稳了，晃呀，晃呀，晃得我们眼睛花。我们在土墙缝里找野蜂，野蜂在土墙上打洞，它采了菜花蜜藏进去，我们封住那洞口，野蜂急得在里面打转。它费了老大的劲，才钻出另一个洞口，爬出来了，它也被阳光晃花了眼，傻愣愣地坐在洞口发呆。这时候，我们一逮一个准。

玩得汗渍渍的，我们就倚着土墙坐下来，睡过去，身上泊满阳光。醒来，阳光还在晃呀晃的，不远处的菜花地，一地的油菜花，在阳光下闪闪发光，像波浪一样起伏着。

这是我童年的春天。

清早睡醒，我不忙着起床，而是静静躺一会儿，偷偷看阳光，慢慢爬上我的窗。我猜测着，它今天是携着一缕绿来呢，还是携着一朵红来？春天的阳光，从不空手而来。

它也总是打扮得光华璀璨的，头上镶满了水晶和钻石，耀眼，却不刺目。热情，却不灼人。是恰到好处的温暖和温柔。

当树叶来不及绿的时候，它就自己变成绿。光光的栾树上，息着一捧，像掬着一捧的绿。我知道，用不了多久，那上面的绿，全都会爬出来。当花朵来不及开放的时候，它就自己变成花朵。正午的时候，我看到它从半空中倾泻下来，像撒下无数朵玉兰花。

楼旁的玉兰花，真的就要开了。

客厅的藤椅上，阳光率先坐上去。我倚着房门口看，直直觉得藤椅上的阳光像一个人，一个装满甜蜜和热情的人，它在，便是明媚便是花开。

阳光的影子，拓印在窗帘上，似抽象画。鸟的叫声，没在那些影子里。有的叫得短促，唧唧、唧唧，像婴儿的梦吤。有的叫得张扬，喈喈、喈喈，如吹号手在吹号子。

◆同步诗词

绝句

（唐）杜甫

迟日江山丽，春风花草香。

泥融飞燕子，沙暖睡鸳鸯。

忆江南

（唐）白居易

江南好，风景旧曾谙。日出江花红

胜火，春来江水绿如蓝。能不忆江南？

◆同步生字

dāng	nèn	zuì	fèng	dǎi
铛	嫩	醉	缝	逮

zì	cuǐ	càn	zhuó
渍	璀	璨	灼

◆ 同步词语

◆ 文字游戏

1. 仿写句子

（1）这个时候的阳光，浑身像装上了铃铛，一路走，一路摇着，活泼的，又是俏皮的。

_____

_____

（2）春天的阳光，就跟喝醉了酒似的，风一吹，它的脚步就不稳了，晃呀，晃呀，晃得我们眼睛花。

_____

_____

（3）正午的时候，我看到阳光从半空中倾泻下来，像撒下无数朵玉兰花。

2. 短文练习

梅子老师写的春天的阳光，形容它像喝醉了酒似的。你眼中春天的阳光又有着什么特色？或许，它该是一桶牛奶呢。或许，它该是一罐菜花酿呢。

来，闭起你的眼睛，想象一下春天的阳光。它抚在你的脸上是什么感受？是不是像羽毛轻轻在拂，或像清水一样漫过？

从气味（闻），到触感（摸），到形象（看），写写你心中春天的阳光。

◆ 涂涂画画

画一个春天的大太阳，照耀着绿树繁花。

纷纷而下的阳光，是花朵般的呢，还是羽毛般的呢？随便你想象好了，你想它是什么样子就是什么样子的。你想它有多美好就有多美好。

③ 春天的风

你知道春天到来的秘密，是谁先知道的吗？

是的是的，是风。

风还远在冬天的深山里，就闻到了春的气息，它一跃而起，飞奔而来。

风是一匹擅长奔跑的马呢。

它与春天相见了。它们来不及叙家常，就出发了。

它们要去唤醒万物。

风驮着春天，翻山越岭，爬坡涉水，一家一家去敲门。

于是，小草醒了。虫子醒了。柳树醒了。河水醒了。花朵醒了。无数的红花朵黄花朵们，跳跳蹦蹦，把大地装扮得五彩缤纷。

这个时候，一切都还是冬天的模样，一切却又开始苏醒。

我喜欢风。这个时候的风，可以称作"春风"了。它们也作势般的，呼呼地扑过来，但你不要怕，它们纯粹是吓唬人的。它们少了凌厉和尖削，多了温柔和好意，我闻见风里面的清香和清新。哪处的花开了吗？哪处的小草和新叶长出来了吗？

我跟着风走，一边走一边找。我找到结香了。好几大棵的。上面的花苞苞，有的已撑不住开了。我低头闻闻，香得很。我还找到了一些野荠菜，绿汪汪的。真好啊，在城里的绿化带里，居然有从乡下跑来的野荠菜。

春风是什么时候吹起来的？说不清。某天早晨，出门，迎面风来，少了冰凉，多了暖意。那风，似温柔的手掌，带了体温，抚在脸上，软软的。抚得人的心，很痒，恨不得生出藤蔓来，向着远方，蔓延开去，长叶，开花。

　　春风初刮起来的时候，也是急吼吼的，呼哧，呼哧。把刚刚开好的几树梅花，吹弹下无数的花瓣，撒落在刚刚返青的草地上，格外的红艳，像是谁特意布下的布景。

　　然刮着刮着，它就软了骨头。

　　满世界的珠翠摇红，如美人青丝飘拂、长袖曼舞。它实在吃不消这等温柔。

　　轻呀，再轻些呀。

　　暖呀，再暖些呀。

　　它不知不觉收敛起脾气，最后软化成水。

　　谁在望得春风归呢？春寒料峭中，河边的柳，是率先绿的。前人词里有"杨柳堆烟"之句，我想，这写的该是初春的柳了，绿得那么害羞，是轻烟一缕缕，袅娜在春风里。它让人想起很多词来，如缠绵，温馨，甜蜜，美好……心无端地温柔，再温柔。

春风暖。一切的生命，都被春风抚得微醺。人家院墙上，安睡了一冬的枝枝条条，开始醒过来，身上爬满米粒般的绿。那些绿，见风长，春风再一吹，全都饱满起来。用不了多久，就是满墙的绿意婆娑。

在乡下，春风更像一个聪慧的丹青高手，泼墨挥毫，大气磅礴。一笔下去，麦子绿了。再一笔下去，菜花黄了，成波成浪。

清少纳言说，三月的黄昏时分，徐徐吹来的花风，叫人深深感动。

花风？真是个好词。三月的风，真是花风呢。是迎春花的风。是二月兰的风。是海棠花的风。是玉兰花的风。是郁金香的风。是桃花的风。是梨花的风。是菜花风。是结香的风。是小野花的风。

小野花一簇一簇，一枝一枝，开在河畔沟边，甚至人家的墙脚处。黄的，红的，紫的，白的，一朵朵，乱纷纷。风吹过来，捎来花的好意。随便走走，都能沐着花风了。

这个时候，我顶喜欢沿着一条河走，河有多远，我就走多远，一直走到那郊外去。这样，也就能一路吹着花风，一路看着花开，一路都有着欢喜。

清明有风。

其实哪一天都有风。但清明的风，它有了个正儿八经的名字，就叫"清明风"。西汉时期的《淮南记·天文训》中是这么说的："春分后十五日，斗指乙，则清明风至。"

春天走到这里，算是站稳脚跟，功成名就了。它仪态万方的，随便往哪块田间地头上一站，哪里该绿的，便都绿好了。该开花的，便都开好花了。虫子们也都出来了。鸟们也都聚齐了。清明风吹着香，吹着暖，吹着说不出的好闻的气息，又嫩又软。哎，我们小孩子的心，被吹得像柳絮一样的飘起来，不知怎么撒欢着才好。那沟渠边的茅针，都冒出来了，可以一粒一粒找着，拔出来吃了。跑进菜花地里，捉捉小蜜蜂，也够我们忙活大半天的。或者，在河边折了柳枝，采一把菜花，坐在那柳树底下，编编小花篮和花环。

每个孩子的头上，这天，都会戴上那样一个花环的。我们蹦跳着唱歌谣：清明不戴杨柳，死了变黄狗。清明不戴菜花，死了变黄瓜。——真是没道理。可我们唱得那么兴高采烈，信以为真。即便是男孩子，也会在头上认真地戴上一个花环的。我们迎着清明风，一路奔跑，头上的黄黄绿绿，跟着风飞舞起来，惹得蝴蝶来追逐。

◆ 同步诗词

春风

（唐）白居易

春风先发苑中梅，樱杏桃梨次第开。

荠花榆荚深村里，亦道春风为我来。

东城送运判马察院（节选）

（宋）梅尧臣

春风骋巧如剪刀，先裁杨柳后杏桃。

圆尖作瓣得疏密，颜色又染燕脂牢。

◆ 同步生字

chěng	xūn	jì	téng	fú	cù
骋	醺	荠	藤	拂	簇

◆同步词语

wēi xūn　　chún cuì　　páng bó　　gē yáo

微 醺　　纯 粹　　磅 礴　　歌 谣

◆文字游戏

1. 仿写句子

（1）那风，似温柔的手掌，带了体温，抚在脸上，软软的。抚得人的心，很痒，恨不得生出藤蔓来，向着远方，蔓延开去，长叶，开花。

　　（2）人家院墙上，安睡了一冬的枝枝条条，开始醒过来，身上爬满米粒般的绿。

（3）在乡下，春风更像一个聪慧的丹青高手，泼墨挥毫，大气磅礴。一笔下去，麦子绿了。再一笔下去，菜花黄了，成波成浪。

（4）清明风吹着香，吹着暖，吹着说不出的好闻的气息，又嫩又软。

2. 短文练习

（1）伸出你的手，探一探春天的风，和春风握握手。你的手指上会有什么感觉？

是软软的？暖暖的？轻轻的？像小虫子爬着似的？像你的呼吸似的？还是像小草碰了你一下？还是像温柔的手掌，抚了你一下？

写下这种感觉。

_____

_____

_____

_____

（2）猛嗅一下你的鼻子，闻闻春天的风。你闻到什么味道了？

是桃花的味道？是杏花的味道？是柳絮的味道？是青草的味

道？是糖水的味道？是糕点的味道？还是别的什么。写下这种

味道。

_____

_____

_____

_____

（3）春天的风也是有色彩的。它的色彩是什么样的?

是迎春花的黄吗? 是桃花的红吗? 是柳枝的绿吗? 是麦子的青吗? 写下这些色彩。

◆ 涂涂画画

想象一下，春风是匹马；春风是个长发飘飘的小姑娘；春风是个调皮的小男孩……

画下你想象中的春风可爱的模样。

4 春天的雨

我十岁那年的春天，雨总是下个不停，天像被谁捅破了似的。

我很不开心。因为，我马上要过生日了。生日了，雨也没有停下来的意思，从早到晚，下呀下呀，没心没肺。

屋檐下的缸里面，已接了大半缸的雨水了。浸润了茅草的雨水，沿着檐沟流淌到缸里面，色泽浑浊，望上去像是倒了一大碗酱油在里面。大半天里，我就望着那半缸雨水发呆。我奶奶称它是"天水"，她用它烧茶，我赌气不要喝。

雨点滴落在屋顶上，细碎得像猫爪子在挠。门前地里面的麦苗儿，被雨水洗濯得越发翠绿，跟抹了油般的。我心里面真是惆怅得要命，不能穿着新衣服出门去，不能放鞭炮。屋子里昏暗，大白天也让我昏昏欲睡，我爬上床去，咬着被角偷偷哭，哦，我的生日就快过去了。

却听得爷爷回家来的声音，爷爷一早就出门去了。爷爷问："梅丫头呢？"我听得奶奶说："梅丫头在睡觉呢。"

"瞧我给梅丫头买了啥？"爷爷兴奋的声音，在雨声里有些模糊，像镜框里发黄的老照片，影像都不大看得清。我支起耳朵，专注听着，听到奶奶的责怪声："哪来的钱啊，你买了这个洋盘，能换多少油盐酱醋啊！"洋盘，是吾乡人对中看不中用的东西的称呼。

我跳起来，奔到堂屋去。我看到我的礼物，居然是一把小花伞！我梦里不晓得向往了多少次的小花伞！那个时候，在乡下是没有这样的小花伞的，老街上才有。乡下人挡雨，都用草编的蓑衣，或是裹块塑料布，或是撑把沉重的破油纸伞。

那是我过得最快乐的一个生日。那天，我撑着那把小花伞，从村头，走到村尾，再从村尾，走到村头。春天的雨，在我的小花伞上开着花，蓝蓝的一朵朵。看见的人都说："这小丫头的伞，真好看。"

雨是从夜里开始下的。

我躺在床上听，雨在窗外的树枝上轻轻走动，来来回回，絮絮叨叨的，似乎在商定着要做一件什么大事，却又拿不定主意。

我很想知道它想做什么大事，是要催开一树的花，还是要唤醒一地的草？

它有这个本事。春天的雨，落到哪里，哪里就会有奇迹发生的吧。

清晨，雨未止，还在细细碎碎地下。我出门去，却看到一个崭新的世界。银杏的叶，已冒了出来，秀气得像一颗颗绿水滴。路边的草地上，绿茸茸的小影子闪啊闪，是些新长出的草。河边的杨柳，袅娜多姿，翠烟如织。隔岸的桃花，冒出了点点的红。

春天的雨，每一滴里，都是好颜色，都有着桃红柳绿的味道。

我喜欢听春天的雨，轻轻敲在伞上。细碎地敲着，敲着，像一些小手在敲打。

我在雨中，慢慢走。我踩着水洼，有时不踩，我就这样慢慢走，听那些"小手"敲在伞上，敲在心上，心里有着柔软的宁静。

雨中，有卖九叶菊的。碎碎的花，缀满泥盆子。是个老人拖着拖车在卖花。那些花，给人极明艳的感觉。连同这雨，也明艳了起来。

满地的菜花，都开得疯了。是谁用油漆刷上去的？谁也没有这么大的本事。只有风了。昨天刮了一天的大风，菜花一夜间全黄了头。

也可能是雨。昨天间或下着小雨，淋淋的，飘飘的，细若游丝。原不曾介意，那是落的颜料呀，黄得彻底。

◆同步诗词

春夜喜雨

（唐）杜甫

好雨知时节，当春乃发生。

随风潜入夜，润物细无声。

野径云俱黑，江船火独明。

晓看红湿处，花重锦官城。

临安春雨初霁

（宋）陆游

世味年来薄似纱，谁令骑马客京华。

小楼一夜听春雨，深巷明朝卖杏花。

矮纸斜行闲作草，晴窗细乳戏分茶。

素衣莫起风尘叹，犹及清明可到家。

◆同步生字

yán	chóu	suō	xù	zhuì
檐	惆	蓑	絮	缀

◆同步词语

xǐ	zhuó	chóu	chàng	niǎo	nuó	yóu	sī
洗	濯	惆	怅	袅	娜	游	丝

◆文字游戏

1．仿写句子

（1）雨点滴落在屋顶上，细碎得像猫爪子在挠。

（2）银杏的叶，已冒了出来，秀气得像一颗颗绿水滴。

（3）春天的雨，每一滴里，都是好颜色，都有着桃红柳绿的味道。

_____

_____

2. 短文练习

在下雨天，我们可以伸手摸摸春雨呢，闻闻它的气味，听听它的声音，感受一下它与别的季节的雨有何不同。春雨落在桃花上，那是桃花雨。落在杏花上，就是杏花雨了。落在樱花上呢？展开你的想象，写下你喜欢的春雨。

_____

_____

_____

_____

◆ 涂涂画画

画画调皮的春雨。它可能是一朵桃花的样子。也可能是一棵小草的样子。它是欢乐的小精灵，跳到哪里，哪里的草就绿了，花就开了。

5 春天的草

我看着一棵草长，在我的花盆里。

花盆里原是长仙客来的。仙客来开过一冬，快谢了，它的根部，有棵小草冒了出来。

小草小，小得如一枚针，但还是被细心的我发现了。这是泥土的小秘密，我为发现了这个秘密而高兴。

我每日跑去看，小草起初是羞怯的、小心的、试探着的，渐渐的，它胆大起来，抽出长长的茎。隔天，又捧出两枚叶来。

等我再去看，它已调皮地盖上绿盖头。春天，立在它的绿盖头上笑盈盈。

我拔掉枯萎的仙客来，把一个花盆让给它。我坚信，它能给我捧出一盆的绿来。

我等杜鹃开花，结果，杜鹃没开，却等来几株草。尖尖的绿脑袋，钻出盆中的土，有些探头探脑的意思。是些狗尾巴草。

狗尾巴草迅速长高，迅速茂密起来，简直有些迫不及待了。它们欣欣喜喜地伸着绿胳膊绿腿儿，花盆便满满地绿起来。

这草，太熟悉了。乡下的草，最疯长的，要算它。不择地的肥沃与否，种子吹到哪儿，就长到哪儿，甚至长到茅草房的屋顶上去，在屋顶上开花。毛茸茸的一枝枝，上面缀满细细密密的籽，像翘起的狗尾巴。起风的时候，它们在屋顶上随风摆动，像一群小狗在舞蹈。

　　走过一片草地，枯黄的草看上去仍是枯黄的。但当你蹲下去细看，发现草根处，已然冒出点点的新绿来。那么稚嫩，柔软，婴儿的眉睫似的。你知道，用不了多久，那绿，便茁壮起来铺陈开来，世界将是新绿的一个世界。

　　我在院门前的花池里种花。花不长，草长。还不止一种草，多

种，叫得出名叫不出名的，它们齐齐跑来我的花池里约会。嫩绿的，浅绿的，绛红的，米黄的，不一而足。真让我吃惊，原来，草也可以姹紫嫣红，这般华彩的。这很像一些不起眼的人，你以为他是庸常的，可以忽略不计的，你瞧他不起。等某天，你意外走近了看，他也有妻有子，勤劳努力，幽默爽朗，在他自己的日子里，活得五彩缤纷。

草继续生长，蓬蓬勃勃。我由起初的赏花，变成了赏草，时不时站花池跟前看看它们，意外捡得一颗欢喜心。感谢草！它们不因我的疏忽或是轻慢，而轻视自己一点点，它们寸土必争，争取着活的权利。

看着它们，我总要想起这样的诗句来："青青河边草，绵绵思远道。"诗里的草，是想念远方，还是流落到远方了？你得相信，草也有相思的。无人居住的院落，草守在那里，密密地长，是密密的思念。直到人重新归来，它才退回它的角落。

路过我家门前的人，几次好心提醒我："看，你家花池里的草，都长这么高了，快拔掉啊。"我笑笑，不置可否。心里说的是，这天赐的欢喜，我怎么舍得拔！我还等着它们开花的。

◆**同步诗词**

早春呈水部张十八员外（其一）

（唐）韩愈

天街小雨润如酥，草色遥看近却无。

最是一年春好处，绝胜烟柳满皇都。

草

（唐）张南史

草，草。

折宜，看好。

满地生，催人老。

金殿玉砌，荒城古道。

青青千里遥，怅怅三春早。

每逢南北离别，乍逐东西倾倒。

一身本是山中人，聊与王孙慰怀抱。

如梦令

（明）李梦阳

不信园林春早，一夜遍生芳草。说与小童知："池上落红休扫。"休扫，休扫，花外斜阳更好。

◆同步生字

chà	cì	sū	qì
姹	赐	酥	砌

◆同步词语

kū	wěi		xiū	qiè		mào	mì
枯	萎		羞	怯		茂	密

yōng	cháng		péng	bó
庸	常		蓬	勃

◆文字游戏

1. 仿写句子

（1）尖尖的绿脑袋，钻出盆中的土，有些探头探脑的意思。是些狗尾巴草。

（2）它们欣欣喜喜地伸着绿胳膊绿腿儿，花盆便满满地绿起来。

（3）走过一片草地，枯黄的草看上去仍是枯黄的。但当你蹲下去细看，发现草根处，已然冒出点点的新绿来。那么稚嫩，柔软，婴儿的眉睫似的。

2. 短文练习

（1）到野地里去，或到小河边，或就在你走过的路旁的草地中，寻找小草的影子。看谁找得多哦。

仔细观察一棵小草的样子，特别是在它刚钻出泥土时。最好知道它叫什么名字，是叫车前草呢，还是叫繁缕呢，还是叫婆婆纳呢，还是叫泽漆呢，还是叫蒲公英呢，还是叫地阴草呢，还是叫野蒿呢，还是叫一年蓬？在纸上记下它们的名字。

（2）伸手碰碰小草，闭起眼睛，感受它在你指尖滑动的温度。写下这种感受。

（3）几乎每一棵草都会开花。每一棵草也都是奇迹，在它生长的过程中，能不断变出色彩和绚烂来。写下那些色彩，那些绚烂。

（4）大胆想象，给你喜爱的小草，取一个动听的名字，一个只属于你和它的名字。比如，唤它"小泡泡"，唤它"小飞人"。反正你爱咋叫就咋叫。写下你想对它说的话。你心中的欢喜，就是这个世界的欢喜。

◆**涂涂画画**

　　小草是一群活泼可爱的孩子。它们喜欢笑，它们喜欢跳，它们喜欢闹，画出它们的小世界。

⑥ 春天的花

春天的花事

二月二，龙抬头。

下雨了，这是好兆头。春雨贵如油，春耕有雨水相伴，庄稼长势会好。

花讯一个接一个传来。

哪里的菜花刷黄了大地。哪里的杏花乱人眼。哪里的桃花跳起广场舞。哪里的海棠撑破春天了。哪里的樱花齐齐登场。哪里的梨花下起了雪。

人是没办法追着这些花事去了，只能逮到一个是一个。春天里有这么多的花开着，就没有不快乐的事。

春天，要把自己装在花里面，或自己变成一朵花开才好。

梅　花

反复无常的天，气温或高或下，这个时候，最叫人难耐。梅花却不管，它的肩上担着使命，那就是要唤醒春天。

梅花不辱使命。一进二月，它就紧锣密鼓地忙活开了，在每根枝条上，都缀上了如宝石一般的花苞苞，欢天喜地的。

紧接着，花就一树一树绽开了。春天应邀而来。

晴天里看梅花，天地间都荡漾着颜色的光亮，红红粉粉。人在这样的颜色里走着，再坚硬冷峻的人，也变得温柔活泼，如鱼游水中。

逢烟雨天看梅花，也是好的。远观去，只见一片颜色的烟雾，缥缥缈缈。好似降临了无数的仙子，她们有着粉色的头发，穿着绚烂的衣裙，若隐若现，如梦似幻。

小城有植物园，里面植有数株梅，梅开时节，仿佛一下子聚了很多美人来。含苞的，仿若美人眉心一颗朱砂痣。盛开了的，犹如美人一张笑脸，粉面含春。

年轻的爸爸妈妈带着孩子来赏梅。那小女孩一见花就扑过去，她一边在花丛中奔跑、欢跳，一边冲着远远落在后面的爸妈叫，来追我呀，来追我呀。

咦，千万朵梅花跟着她奔跑起来。

蒲公英

蒲公英在草地上眨巴着眼睛。这小家伙性格有点孤傲，少有成群结队的。它们撑着艳艳的小黄脸，东一朵，西一朵的，闲逛着玩儿。遇见，我也总是要向它行注目礼。比方说，它在砖缝中。比方说，它在背阴的墙脚处。比方说，它蹲在一截断墙上。我的内心，

也总会引起一点小震动，生命的丰饶，原在生命本身，无关别的。

　　蒲公英的花艳得很，它们喜欢独个儿出来遛弯儿，如我。我在草地上看到一两朵，在河边又看到一两朵。我对着它们笑，它们打哪儿偷偷溜出来的？春光招人，也招花，人坐不住，花也铁定坐不住的。

　　我挖了一棵蒲公英，装瓦盆里长，竟也是欣欣向荣的，十分的妥帖。

　　瓦盆搁在书架上，里面趴着一朵黄，笑得羞涩。隔天，又冒出一朵黄来，花瓣儿小嘴似的张开着，很兴奋的样子。我疑心它在轻轻唱着歌，无词无曲，只哼哼着唱。像我妈在地里劳作，无人时，她偷偷哼起来，也是无词无曲的，她哼给自己听。

　　野花开得好极了。最多的要数蒲公英。这花真是好看，艳黄，比菜花更艳。小小的一棵，擎着三四朵小黄花，灿烂着，周围枯败的草，也被它们衬得好看了。我蹲下来，轻轻碰碰它们，跟它们问问好。

也有我忘掉名字的野花。或红或紫。我怎么想，也想不起它们叫什么了。我就给它们另取个名字，叫"小红"，叫"小紫"。好记。它们也不反对。

废弃的腌菜坛子，睡在草丛里，四周生着新绿。那坛子看上去，有了艺术的光芒。

枯朽的老树桩，身上绣满了绿。一两棵细嫩的小草，在上面跳芭蕾。

婆婆纳

每次看到婆婆纳，我总忍不住要笑。是会心一笑，像见到一个可爱的人。

不管它只身在哪里，我都能一眼认出它。在云南的玉龙雪山上，在辽宁的冰峪沟里，或是在我的花盆中。花盆里一株杜鹃开得灼灼，它趴在杜鹃根旁，探着小小的脑袋，蓝粉的小脸，笑嘻嘻的。被杜鹃遮着挡着，亦不觉得委屈。

乡下广袤的田野里，沟边渠旁，到处有它。同属野草类，蒲公英和野蒿，长得又高挑又张扬，在风里招摇。它却内敛得很，趴在一丛茅草中，或是一棵桑树下，守着身下一片土，慢悠悠地，吐出一小片一小片的蓝，如锦，美得一点也不含糊。

我总要在它的名字上怔上一怔。婆婆纳，婆婆纳，是细眉细眼的小媳妇，孝顺、贤惠，一入婆家，就被婆婆喜着疼着。没有华衣美服，没有玉食金馔，也没有姣好容貌，却心灵手巧、踏踏实实，把一段简朴的小家日子，过得红红火火，活色生香。

这世上，多的是平凡人生，只要用心去过，一样可以花开如锦。

　　随便顺着一条田埂走下去，地连着地，田接着田。一律的是麦苗青，菜花黄。蚕豆也快开花了。豌豆花跟油菜花，比赛着开，一个秀雅，一个热烈。地沟里，田埂边，还能遇见很多的野草野花，泽漆、马齿苋、茼茼蒜、田旋花、婆婆纳、车前子等。我最爱婆婆纳，这么老气横秋的名字，却长着一张精致无比的小脸蛋。它简直就是个小精灵，一朵朵小蓝，像撒落一地的蓝眼睛。

　　春天到了，我去寻春。

　　比如，在樱花树下，寻得一丛婆婆纳。那棵樱花树，真是高大，顶着一树的花，如雪砌银堆。人从樱花树下过，都忍不住要举头望上一望，在心里面叹一声，好美啊。却听不到树底下，那樱花瓣覆盖着的泥土的上面，还有些轻轻的小声音在呼唤：看哪，看哪，我们在这里唱着歌跳着舞呀。

哦，谁会留意呢，它们那么小！我看到它们小小的蓝影子一闪，像星光闪过。我蹲下来，拂去上面一层樱花瓣，它们的小身子露了出来。对，是一丛婆婆纳。它们的花朵，真是精致婉约得很，像一只只小小的蓝花碗。蚂蚁可拿它们盛食物。蚂蚁们的生活，会因此变得优雅的吧。当然，它们更多的是盛春色。一个上午，我就在那些小小的"蓝花碗"间流连，春色迷人和饱满处，这里，算得上是一处。

油菜花

我是菜花地里长大的孩子。故乡的菜花，成波成浪成海洋。那个时候，房是荡在菜花上的，人是荡在菜花上的。仿佛听到哪里噼啪作响，花就一田一田开了。大人们是不把菜花当花的，他们走过菜花地，面容平静。倒是我们小孩子，看见菜花开，疯了般地抛洒

快乐。没有一个乡下的女孩子，发里面没戴过菜花。我们甚至为戴
菜花，编了歌谣唱："清明不戴菜花，死了变黄瓜。"现在想想，这
歌谣唱得实在毫无道理，菜花与黄瓜，哪跟哪呀。可那时唱得快乐
啊，蹦蹦跳跳着，死亡是件遥远而模糊的事，没有悲伤。一朵一朵
的菜花，被我们插进发里面，黄艳艳地开在头上。

　　油菜花最不拘小节。它们成群结队开得，离群独处也开得。乡
下开得，城里也开得。河畔开得，砖缝里也开得。你路过一个小
区，小区的围墙跟，散落了一些碎砖头。平日里也不大留意那里，
这时候，砖缝里，居然钻出两三棵油菜花来，一身的珠光宝气，黄
得耀眼。似乎把家底儿全给兜出来了，不藏不掖，仿佛在对着一个
世界说，来吧，来吧，我有的，全都给你。你看着那几棵油菜花，
微笑，你心里面有感动。你知道它们一定是从乡下跑来的，该是从
去年夏天起，就上路了。一路上，一定吃了不少苦。风送一程，鸟
送一程，雨也会送它们一程吧。你从小在乡下长大，你懂它们。

　　一片林木下，开满了菜花，像铺着厚厚的地毯，树木倒成了陪

衬。让我有种冲动，想奔过去，就地打个滚，染它一身金黄。

平地上开满菜花，像摊开了一席华丽丽的桌布，上面摆上杯盘碗盏。知己二三人，围桌而坐，斟上春风几缕，蘸上春光几滴。哦，那些花啊朵的，还有那些嫩绿与鹅黄，桃粉与梨白，哪一样，都能拿来做下酒菜。不饮也醉。

坡地上的菜花，则显得有些调皮了。我老疑心它们长了脚，集体商讨着要干一桩大事。这桩大事，一定和春风有关。它们要和春风一起私奔。

我在城外，遇见一户人家，独独的一户。两层小楼，有些陈旧。门前有坡，坡前是河。浚河的泥土堆积成坡的吧？坡上全是菜花，通黄通黄的一坡。它们活蹦乱跳地奔着房子而来，快到窗前才刹住了脚。似乎在踌躇，似乎为它们的莽撞有些不好意思了。它们窃窃私语一番，踮着脚尖朝窗内张望。窗内有人吗？——我多么希望有。那人也在窗内望着一坡的菜花，充满探究，充满深情。春天，谁都怀着一个盛开的小秘密。而因这个小秘密，陌生的，也可以成为同谋，在一刹那间完成心灵交融。比方说，花与蝴蝶。花与蜜蜂。小草与春风。泥土与虫子。星辰与露珠。它们在春天相遇，粲然一笑，心照不宣。

菜花开得就有些蛮不讲理了。它简直是泛滥，有一统天下的野

心，成坡成岭，成海成洋。我走进一片菜花地，老疑心耳边响着"哒哒哒"的马蹄声，它是要揭竿而起吗？

乡下的房，这个时候，是顶幸福不过的了，被它左拥右抱着，像荡在"黄金波"上的一艘船。有人出来，有狗出来，有鸡出来，有羊出来，那"黄金波"就跟着划过一道道细细的浪。风吹菜花。唉唉唉，你只剩叹息的份了。

那人对我说，菜花贱。

是因为多。是因为不择地。是因为它不会隐藏自己一点点。

这时节，出门去，随便一搭眼，都能看到它的影。人家的花坛里，有那么几棵，也是开得轰轰烈烈的，丰腴得不得了。

它太把自己当主角了，让你有小小的不服，它怎么可以这么抢风头呢！

它还就是抢了。你认为它是平民小丫头，它却拿自己当公主。我看到一垃圾堆旁，也有一棵菜花，风姿绰约地在开。

你若移步到郊外，那才见识到它的不可一世呢。人家的屋，被它拥着抱着。屋旁的路，被它拥着抱着，一直蔓延到河边去了。河水里倒映着一地的黄，黄透了。天空也被染黄了呀。河里的鱼和水草，也被染黄了呀。你整个的人，也被染黄了呀。

美。真美。太美了。美得一塌糊涂。——你在它的丰腴里沦陷，实在找不出多余的词来形容它，你也只能颠三倒四地这么说。

贱命如它，终于让你刮目相看。

你看你看，有时出生并不重要。重要的是，你将以什么样的姿势盛开。

还是向一朵菜花学习吧，只管走着自己的路，在自己的心上，铺上一片沃土，盛开出一片丰腴。

红花酢浆草

每回遇到红花酢浆草，我都要停下来看半天。觉得这名字的奇特，亦觉得这花的奇特。点点的红，活像落下满天的小星子。这花最惹小粉蝶。有多少朵花，似乎就能引来多少只小粉蝶。它们闹闹嚷嚷，快乐无穷。我看着它们，也变得快乐。想，它们晚上住在哪里？是住在花里面吗？

以花当床。——啊，这美妙的住所，我替小粉蝶们陶醉了大半天。

桃 花

乡下的桃花，是追着春风开的。那会儿，桃树上的叶还未长全呢，花朵儿却迫不及待地，一朵挨着一朵开了。呼啦啦，是一树花满头。小脸儿粉粉的，红晕浸染。如情窦初开的女子。

树不是特意栽种，像风丢过来的种子，河边或屋后，就那么随意地长着一两棵。普通得不能再普通。却不防，一朝花开，惹来满场惊艳：呀，原来不是乡下小姑娘啊，是仙子落凡尘的。

记忆里，有桃花点点，在小院里，还有屋后。花开得好的时候，褐黑的茅草屋，也被映得水粉水粉的，有了许多妖媚在里头。只是那时年少，玩性大，飞奔的脚步，哪肯停下来好好欣赏桃花？根本不知道花什么时候开的，又什么时候落了，就那样辜负了大好春光。现在想想，那时丢掉的何止是大好春光？总以为有挥霍不尽的好光阴，哪知青春变白首，也不过是一下子的事。

每年的春天，我都是要追着桃花看的。春天的主角，离不了它。所谓桃红柳绿，桃花是放在第一位的。

桃花勾人魂。它总是一朵一朵，静悄悄地，慢条斯理地开，内敛，含蓄。虽不曾浓墨重彩地吸人眼球，却偏叫人难忘。是小家碧玉，真正的优雅与风情，在骨子里。

如果逢着河，如果河边刚好长着一棵野桃树，那你就等着束手就擒吧，你是注定动弹不得的了。水映着一树的花，花映着一河的水，红粉缥缈。有人在河边钓鱼，你看着那人，又欢喜又恼恨。你觉得他是在钓桃花瓣，却又搅了鱼的清梦。鱼嚼桃花影哪，自然与自然相融相生，美到地老天荒。

看桃花，总不由自主地想起一首写桃花的诗："去年今日此门中，人面桃花相映红。人面不知何处去，桃花依旧笑春风。"诗人崔护，在春风里，丢了魂。邂逅的背景，真是旖旎：草长莺飞，桃花烂漫，山间小屋，独门独户。桃花只一树吧？够了。一树的桃花，嫩红水粉，映衬着小屋。天地纯洁。诗人偶路过，先是被一树桃花牵住了脚步，而后被桃花下的人，牵住了心。

遇见桃花了，在一条小河边。

小河在城中央，南北走向，河边杨柳点翠。一树桃花，夹杂其中，巧笑嫣然，实在妖娆。

我为它驻足，微笑看它。桃花照水，如美人临镜。水映桃花，红晕洇染，鱼嚼桃花影。它当绣在女儿家的嫁衣上的。世间美景里，我推崇这一幅。

南宋韩元吉以桃花打底，写过一个凄婉的爱情故事。我喜他开头两句："东风著意，先上小桃枝。"东风偏心了，不挑梨，不挑李，率先挑了桃。弱水三千，只取一瓢。爱的忠贞不二是从相遇起，就注定了的。

桃也当得起这份爱和宠。一树花开，比云霞更绚烂，哪一朵，都好得不能再好，多一瓣嫌多，少一瓣嫌少，它就是那个样子，它就派那个样子。颜色也是深浅合宜，粉里带艳，艳中着粉。花香也是淡淡的，是果实的清香，只属于桃的。

梨　花

多年前，我在一所乡镇中学念高中，郊外的梨花开得正盛的时候，我的一个同学，突发急病走了。

她家住在梨园边，她的棺材就停放在梨园里。因当时正抓殡葬改革，不许土葬，要求火葬，她按规定也必须化成一缕轻烟飘逝。但她的家人是死活也不舍得破了她年轻的容颜的，所以就把她藏到一片梨园里。

我们有些浩荡的队伍，像搞地下工作似的，在一树一树的梨花底下穿行着。这样的举动减缓了我们的悲痛。以至于我们见到她时，都出奇地冷静。我们抬头望天，望不到天，只见到一树一树的梨花，白云朵一般的。在梨花堆起的天空下，她很是安宁地躺着，睡熟了似的。我们挨个儿走过去，静静地看她，只觉着，满眼满眼都是雪白的梨花。恍惚间，我们都忘了落泪。

清明脚下，我家的两棵梨树开花了，一头一身的洁白，如瑶池仙子落凡尘。我们玩耍，掐菜花，掐桃花，掐蚕豆花，掐荠菜花，却从来不掐梨花。梨花白得太圣洁了，真正是"雪作肌肤玉作容"的，连小孩也懂得敬畏。只是语气里，却有着霸道，我家还有梨花的。——我家的！多骄傲。

梨花一来，整个世界便都安静下来。桃花开的时候不是这样的。菜花开的时候不是这样的。桃花和菜花，都是热闹的，神采飞扬的。梨花却是静的，是不多言不多语的一个好女子，温婉都在骨子里。它们衬得几间平房是静的。屋顶上的茅草是静的。轻轻飘洒的阳光是静的。鸡鸣也是静的。鸟飞也是静的。连喜欢蹦跳的狗，也安静了许多。人对着梨花看着看着，睡意就上来了，好想抱着暖阳，软软地做个梦啊。

看到一棵梨树，开出落雪的模样。我走过去，坐在树下，奢侈地发呆。一个信息忽然过来，是远方的一个读者，她说，梅子老师，这些日子我过得很不快乐，我是一个特别在乎别人评价的人，你有过这样的烦恼吗？

我仰头望望一树的花，笑了。低头回复她，这样的烦恼，从前我也有过，现在没有了，因为，我的活，完全是我自己的事。就像一朵花的开放，它从来没有去征求过谁的同意。风也管不着，鸟也管不着，灵魂便自由了。

杏 花

杏花地。

我要说那是杏花地。

车子不知拐过几座山了，不知路过多少果园了，赶早的桃花，开得三心二意。路边也偶遇一树浅浅的红，或一树浅浅的白，是海棠花吧。柳枝抹上绿意了。小草钻出土来了，顶着嫩软的鹅黄。我贪婪地看着，这边，那边，山峦连着山峦，都抹上春天的色彩了，真个是"律回岁晚冰霜少，春到人间草木知"。正这么想着，一大片的杏花不由分说地扑面而来，像携来一片粉白的海。那阵容的壮丽，吓我一跳。同行的朋友说，是杏花。

我从没见过杏花。南方有桃有梨，却没有杏。年少时读词，特喜欢一首《思帝乡》："春日游，杏花落满头。陌上谁家年少足风流？妾拟将身嫁与，一生休。纵被无情弃，不能羞。"里面的杏花，美得令人窒息。它是花样年华的好人儿，一种相思，两处闲愁。我该拿你怎么办呢？就让我以身相许，一生紧紧相随，除此，再没有别的办法了。这里的杏花，足足让我挂念了几十年。

我不敢相信那是真的，一片粉白，铺在一个山坡上。我跳下车，跳进那片杏花地。阳光白花花的，满天满地。杏花白花花的，满天满地。一时我也分不清，到底是阳光成了杏花，还是杏花成了阳光。或许，我也成了它们中的一个了。

紫　荆

河边的柳丝已变得沉甸甸的，低垂着，叶子都已长成。紫玉兰的花，早就谢了。晚樱的花朵，也落得差不多了。这个时候，紫荆树上，却突然跑来无数个着紫衣的小姑娘，她们紧紧抱成团，抱成一个个紫色的花冠。——紫荆花是最适宜做花冠的。

紫荆的花，无法用"朵"来形容。它们簇簇而生，挤在一起，一撮又一撮，爬满枝干。好奇怪啊，那枝干上，那枝丫间，也蹲着那么一簇簇。你站在它们身边，望久了，似乎听到它们发出咯咯咯的笑声，如铃铛响着。——花们，是最爱笑的了。没有一朵花是愁眉苦脸的，紫荆花更是。

垂丝海棠

海棠的品种多，多达上百种。

春天里，除了樱花、桃花、梨花、杏花、紫荆，若再遇到有着

满满一树花的，你不识其名，你不妨叫它"海棠"吧，大抵也不会叫错——这是我的经验。

我也是分辨了好久，才分清什么是西府海棠，什么是垂丝海棠，什么是贴梗海棠，什么是木瓜海棠的。

相对来说，垂丝海棠比较好认，也好记，普遍种植得多。它属于随和型的，人缘不错。我所到过的城市，都能见到它的身影。路边，或是庭院里，或是湖畔，很随便地长上一棵两棵，也就能美得如梦似幻的了。若是成片长着，花开的时候，那可就美得不像话了。是沸沸着的。像聚集了一群吵吵嚷嚷的小娃娃。每个小娃娃，还撑着一顶小洋伞。垂丝海棠的花呈伞状，像极了粉色的小伞。

春天在它的枝头，开起了幼儿园。谁做园长呢？春风吗？春雨吗？让鸟或是蝴蝶来做，都不大靠得住，它们太过贪玩。——我在花树下，颇是思量了一番。思量到最后，一树的花笑了，我也笑了。

海棠的花，不香。老子说：大音希声，大象无形。海棠或许也深谙这一道理，真正的香气，你是闻不出的，是藏在骨子里的。

我在莫愁湖畔，看到成片的垂丝海棠，花都开好了，蜜蜂们嗡嗡其上。蜜蜂的鼻子，比人的要尖，它们肯定闻得见它的香。有几枝海棠，探到水里。花戏水，如蝴蝶戏风。不远处，三两个赏花的人，在花树丛中，若隐若现。

豌豆花

碰到豌豆花了。

从前只乡下才有。我的乡下，是把它当蔬菜种的。春节前后，它刚好长成，肥嫩得很。掐下，清炒着出盘，一口一嫩滑，夹杂着微甜的气息。是霜的气息。是雪的气息。到了三月，春风的小手稍稍招一招，它的花朵，就一朵一朵，飞上了头。花朵小巧，好看，洁净，身上有仙气。像一群天上来的小仙娥。

我在南京街头，在一口缸里看到它。主人是把它当花养着。主人还养了兰花、海棠、牡丹、四季梅，满满都是辉煌富丽，它身处其中，竟也毫无违和感。

我蹲下看它，是遇故知。小时我就很喜欢这种花，田间地头开着，成片的。那么多的一朵朵，像成群的小蝴蝶扑下来。不，它比蝴蝶还要美，它色彩明艳，洁净得不落一丝尘。我曾摘下那些花，

用针线穿成手链，被大人责骂。那花儿是要结荚的，怎舍得糟蹋！嫩豌豆荚摘下来，清炒着吃，或炖肉吃，都是道佳肴。我也喜欢吃豌豆粉。那得等豌豆老了，才可以磨成粉。也可以拉成雪白的细长的粉丝。

我每每吃到豌豆粉丝时，都会想到那些洁净的豌豆花。我不知吃下了多少朵豌豆花。

藤蔓上，每一朵豌豆花，都蓄势待飞。或者说，它一直就在积蓄着力量，想飞。它的故乡离得远，远在地中海的西西里。它怕是做梦也想回去的。

它很适合做童话里的小公主。一袭白裙。或一袭紫裙。或一袭红裙。或一袭蓝裙。或一袭黄裙。小公主待在她的城堡里，翘首望着外面的世界，心念婉转。她随时随地，都做着逃离的准备，她要自由飞翔。

二月兰

第一次见它，是十多年前，在南京中山植物园。那时我还年轻，在省作协举办的读书班里学习。每日清晨和黄昏，我铁定是要把园子逛一遍的。一些花树下，一片蓝紫的烟雾，贴地而起，间之以白雾团团。在早晨微湿的空气中，在黄昏微茫的暮色里，美得如梦似幻。询问得知，它叫"二月兰"。当下且惊且喜，为这名字，为它模样之秀美。

去西津渡。从前的老渡口。昭关石塔。观音洞。待渡亭。超岸寺。飞檐雕花。水袖舞台。还有破山而建的木栈道。这一些，都是可圈可点可缅怀的。而我，偏偏被蒜山上满山满坡的二月兰给绊住了脚。那么多蓝紫的心，滚在一起，我几乎要脱口叫出：小丫头，原来，你也在这里啊！那天，我几乎把所有时间，全浪费在它身上了。这会儿，想到西津渡，我就想到二月兰了。满山坡的二月兰，像滚了一地蓝紫的心。

在洛阳，我也遇见过成片的二月兰。我本是去看牡丹的，结果，被二月兰摄去了魂。那里，几乎每个园子里，每条路旁，都有一群这样的小丫头，蓝衣蓝裙地穿着，且笑且舞，腾起一片蓝紫的烟雾，迷蒙了人的眼。

凑近了看，它又实在不出奇，就是一棵小野菜。一些地方称之"诸葛菜"，叶和茎，均能炒着吃。关于它，还有个传说，说诸葛亮在行军途中，军粮缺乏，他就命手下士兵，广种这种野菜，军队得以度过饥荒。

它也是《诗经》里的元老。"爱采葑矣？沫之东矣。云谁之思？美孟庸矣。期我乎桑中，要我乎上宫，送我乎淇之上矣。"一曲美妙婉转的《桑中》，就是以它为楔子的。对，它在那个年代，叫"葑"。

我蹲在一丛二月兰跟前，想到它竟是从《诗经》年代走来的小丫头，忽忽地，生了敬意。

结　香

人往往分不清梅花、樱花和海棠，也容易把迎春花和连翘搞混淆，但绝不会把结香误认成别的花。只因为，它太特别了，特别得独一无二，不好模仿和抄袭。

在开花前，有好长一段时间，它实在有些丑，一副穷困潦倒的样子，低头耷脑的，皮肤褐红，上面爬满斑斑点点。我们散步经过，那人看着它问，这是什么？我告诉他，结香。他"哦"一声，说，结香？没听说过，样子真不咋地。我说，它的枝条特别柔软，从前女子有了心上人，在上面打结许愿，据说很灵验。他去试了一下，果真。我又说，你且等它开花了，准会吓一跳。

他果真被吓了一跳。

它的花，密密的。远远望着，就像一个很壮硕的人，撑着一把油纸伞。走近了，才看清，人家那是攒着一个一个的小球球呢，每个小球球上，密布着像小喇叭一样的小黄花，多达六七十朵（对，我数着玩了）。那香，不用说了，又浓又烈，莽撞得很。像个莽撞的少年，急匆匆地，要闯入一片新天地去。

蔷 薇

野蔷薇一丛一丛，长在沟渠旁。花细白，极香，香里，又溢着甜。是蜂蜜的味道。茎却多刺，是不可侵犯的尖锐。人从它旁边过，极易被它的刺划伤肌肤。我却顾不得这些，常忍了被刺伤的痛，攀了花枝带回家，放到喝水的杯里养着。

一屋的香铺开来，款款的。人在屋子里走，一呼一吸间，都缠绕了花香。年少的时光，就这样被浸得香香的。成年后，我偶在一行文字里，看到这样一句："吸进的是鲜花，吐出的是芬芳。"心念一转，原来，一呼一吸是这么的好，活着是这么的好，我不由得想起遥远的野蔷薇，想念它们长在沟渠旁的模样。

五月，我的城，是蔷薇的天下。

谁知那些蔷薇是怎么冒出来的？我也只不过才离家三四天，再回来，一个城，就都被蔷薇花占领了。河两岸，都是。小区的栅栏上，爬满了。人家的屋檐下，也趴着那么一大丛。花以粉红居多，间或有一两丛白。每一朵都是娇滴滴的。又都喷着香，也是娇滴滴的香。香得相当的小儿女，怎么闻也不会嫌腻。

"尽道春光已归去，清香犹有野蔷薇。"——春去了有什么要紧？还有蔷薇开着呢。

我在家是铁定坐不住的，每到傍晚，定会梳洗一番，出门，我要看蔷薇去。

远远望见了，它们都好好开着呢。一丛，一丛，再一丛。背景是绿。深深浅浅的绿。柔情蜜意的绿。波光潋滟的绿。配了粉粉的花朵，是郎情妾意，每一寸时光，都堪称良辰了。

虞美人

虞美人扛着美人的名头，似乎极高贵。

其实才不，人家很草根的。

去年丢下几颗种子，今年就能窜出一大片。也无须特别管理，它就那么开呀开呀，开出一捧一捧的花。红的白的，薄绸子似的。有单瓣的，有复瓣的。讲究点儿的，还自己给自己绣个彩边儿。

直接摘一朵，都可以当小女孩的喇叭裙来穿。

虞美人个个都是时装高手呢。

牡 丹

我家长过牡丹。我爷爷长的。

那时，老人家是个养花高手，养很多花，在当年的乡下也算一奇观。

他在牡丹旁长芍药，他说芍药配牡丹。

他不用粪肥施于它，只用豆饼喂它。他说牡丹闻不得臭味。

牡丹花开，有两种颜色，一红，一白。红是紫红，白是乳白。

花大如盘，有一种逼人的贵族气，华衣美服，不染纤尘。它开花时，我们在它近旁，敛着气看它，心里有敬畏。仿佛它是驾临而来的帝皇。

芍 药

芍药开得生猛。

我不知道这么形容芍药它会不会不高兴。

它看上去，真的很生猛。

人家的门前，一边一丛。玫粉色。碗口那么大的花。

花不惊人誓不休。

我们的车，从它们跟前掠过去。

惊起了一地的颜色。我回过头去，心瞬间被一朵一朵玫粉淹没。

再难忘。

◆ 同步诗词

宿新市徐公店

（宋）杨万里

篱落疏疏一径深，树头花落未成阴。

儿童急走追黄蝶，飞入菜花无处寻。

咏紫荆

（宋）朱翌

鹤骨龙筋结寿枝，红绡紫绮曝仙衣。

只应不奈麻姑爪，独领春风住翠微。

◆ 同步生字

qíng	yē	chuò	cù	liǎn	dā	fēng
擎	掖	绰	酢	敛	耷	葑

◆ **同步词语**

zhào tou
兆 头

dàng yàng
荡 漾

piāo miǎo
缥 缈

xuàn làn
绚 烂

tuǒ tiē
妥 帖

tián gěng
田 埂

wǎn yuē
婉 约

chóu chú
踌 躇

xiē zi
楔 子

◆ **文字游戏**

1. 仿写句子

（1）晴天里看梅花，天地间都荡漾着颜色的光亮，红红粉粉。人在这样的颜色里走着，再坚硬冷峻的人，也变得温柔活泼，如鱼游水中。

_____

_____

（2）我最爱婆婆纳，这么老气横秋的名字，却长着一张精致无比的小脸蛋。它简直就是个小精灵，一朵朵小蓝，像撒落一地的蓝眼睛。

（3）一大片的杏花不由分说地扑面而来，像携来一片粉白的海。

（4）知己二三人，围桌而坐，斟上春风几缕，蘸上春光几滴。哦，那些花啊朵的，还有那些嫩绿与鹅黄，桃粉与梨白，哪一样，都能拿来做下酒菜。不饮也醉。

（5）河水里倒映着一地的黄，黄透了。天空也被染黄了呀。河里的鱼和水草，也被染黄了呀。你整个的人，也被染黄了呀。

（6）这个时候，紫荆树上，却突然跑来无数个着紫衣的小姑娘，她们紧紧抱成团，抱成一个个紫色的花冠。

2. 短文练习

（1）你认识梅子老师写的这些春天的花吗？你能形容一下你眼中的它们吗？除了梅子老师提到的这些花，你还知道春天有哪些花呢？你有没有伸手摸过它们，凑近鼻子闻过它们？写下它们的颜色、形状、气味和花期。

（2）想象一下，假如你是一朵花（你喜欢做什么花就做什么花），你每天都会做些什么？

"想象"是最伟大的创作哦。宝贝，大胆地想象吧，草会唱歌，花会笑，这世上，每一个生命，都有着它的喜怒哀乐。

◆ 涂涂画画

画下你喜欢的花朵。给它们配上一个可爱的表情。

⑦ 春天的树

春天的树

这个时候，一些树，不动声色地在进行着一场新老更替，老叶褪去，新叶长出来。譬如樟树。譬如广玉兰。生与死的交接如此自然而然，几乎不着痕迹。你仰头微笑着看了一会儿，感动了。而另一些树，像栾树和紫薇，光秃秃的枝条上，已如解冻的河流般的，急流奔涌。是的，那上面爬满翠绿的希望。虽然现时还不大看得出来——那些乳芽，太过细小，但枝叶的葱郁繁密，也不过是十天八天后的事。

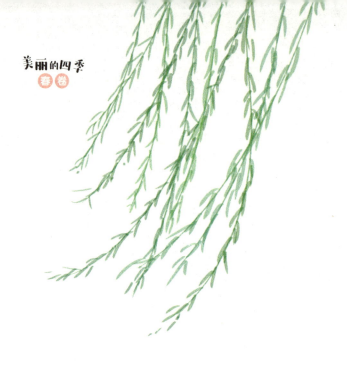

垂　柳

　　春天，杨柳的出场极有意思，是羞羞答答的，如古代深闺中的女子，轻移莲步，慢扭腰肢，犹抱琵琶半遮面。且看那米粒般的绿苞儿，镶嵌在枝条上，蓄了一冬的心思，开始一点一点往外吐。这样的过程你以为很长的，所以有些心焦了，才移了眼去，它这边却敌不过大好春光的召唤，满苞的心事，忽悠悠全张开了，枝条上便爬满了绿。颤微微的绿，在风中婀娜不已。

　　这个时候，最适宜远观了。你在某个桥头站定，微风拂过你的脸，拂过河堤两岸。千万条柳枝一齐随着风舞动起来，缭乱缤纷，烟一般缥缈。"绊惹春风别有情，世间谁敢斗轻盈？"唯有柳了。

这个时候的柳，风华正当年。

柔媚。柔媚得不得了。如绿绿的珠帘，巧手织成。

是给燕子织的。

燕子穿柳，是三月里最美好的景象。

河水也生了一颗温柔心。柳丝轻拂，如素手弹琴，河水的心，立即起了波澜。弦弦轻诉，诉不完的春天。

散步的人，拂柳而来。擦肩而过时，我送他一个笑，他愣一愣，还我一个笑。

笑是最迷人的一朵花。

槐　树

河边的槐树，因势而长，长得很艺术，虬着枝干。

四五月里，槐树开花了，不用眼看，用鼻子嗅嗅就知道了。空气中，满蹿着槐花的甜味儿，甜得缠人。一树的花，垂挂着，伸手可捋。村人们路过，总要捋上两把槐花，挂到掮着的锄柄上，一路走着，一路呱着。小孩子身子灵巧，小猴儿似的，眨眼之间，已爬到高高的槐树顶上去了，坐在一丛花里面，吃个饱。再下来，那衣兜里，塞得满满的，都是槐花了，奶黄乳白的小朵儿，一串串，在口袋边招摇，像风的尾巴。我祖母手巧，曾熬过槐花糖给我们吃。至于用槐花做菜肴，做馅，就更为家常了。

泡　桐

　　春天是什么时候来到泡桐树上的呢？我们是没办法回答你的。

　　那时，家家门前都长着几棵泡桐树，也不知长了干吗的。

　　它的木质稀松，我的乡人们做家具都不会选它。

　　可是，还是允许它长着，一年一年的。真奇怪。

　　它的枝干极光滑，然我们小孩子爬树玩却不会选它，我们情愿去爬刺槐树爬枣树，被树上的刺划破肌肤，也不会去爬它。它的枝干很脆，吃不住重，容易断裂，我们怕摔下来。

　　春天，河边的柳全绿了，地里的花全开好了，也不见它长叶，还是一副光秃秃的可怜样。然当某一天，我们在暖阳下玩累了，倚着土墙歇息着的时候，偶一抬头，哗啦，被一树的"紫铃铛"吓了一跳。是的，它开花了，光秃秃的枝条上，挤满了紫色的花朵儿，一串一串，像悬挂着无数的紫铃铛。一树都摇着这样的紫铃铛，那气势，就相当澎湃了。

我们在树下捡拾它掉落的花朵。它的花朵看上去真有意思，像一张奋力张开的嘴巴，喉部极深幽，似乎从那里面，会飞出美妙的声音。

传说里，凤凰只栖梧桐树。有琴叫"凤凰琴"，就是挑的上千年的梧桐木做的。

◆ **同步诗词**

杨柳枝

（唐）白居易

依依袅袅复青青，勾引春风无限情。

白雪花繁空扑地，绿丝条羽不胜莺。

垂柳

（唐）唐彦谦

绊惹春风别有情，世间谁敢斗轻盈。

楚王江畔无端种，饿损纤腰学不成。

◆ **同步生字**

xù	liáo	qiú	qī
蓄	缭	虬	栖

◆ 同步词语

pì rú
譬 如

róu mèi
柔 媚

ē nuó
婀 娜

zhāo yáo
招 摇

jī fū
肌 肤

péng pài
澎 湃

◆ 文字游戏

1. 仿写句子

（1）而另一些树，像栾树和紫薇，光秃秃的枝条上，已如解冻的河流般的，急流奔涌。是的，那上面爬满翠绿的希望。

_____

_____

（2）河水也生了一颗温柔心。柳丝轻拂，如素手弹琴，河水的心，立即起了波澜。弦弦轻诉，诉不完的春天。

_____

_____

（3）是的，它开花了，光秃秃的枝条上，挤满了紫色的花朵儿，一串一串，像悬挂着无数的紫铃铛。一树都摇着这样的紫铃铛，那气势，就相当澎湃了。

2. 短文练习

梅子老师最爱春天的新绿，那树上萌生出的一点点。

你留意过春天是怎么把一棵树描绿的吗？选一棵你喜欢的树，在春天回来的时候，看着奇迹在它身上慢慢生长，写下你和它的故事。

◆涂涂画画

一棵树，扛着满满当当的鲜花，欢天喜地的，走在春天的天空下。它这是要去拜访谁呢？它们之间会发生怎样的小故事呢？充分发挥你的想象，边写边画。

⑧ 春天的昆虫和鸟

春天的冷，到底有限得很，几番风雨后，气温回升。沉睡了一冬的虫子们不老实了，一个个争先恐后要出来。我在阳台上小坐，看到一只睡醒了的蜜蜂，在窗户的缝隙间，探险般的，左冲右突。也见到一只蛾子，在我养的一盆瑞香的叶子上，跌跌撞撞。等到它们全部爬出来，天下便都是春的了。春天是被虫子们驮在身上的。

一个老妇人，站在一堵院墙外，仰着头，不动，全身呈倾听姿势。院墙内，一排的玉兰树，上面的花苞苞，撑得快破了，像雏鸡就要拱出蛋壳。分别了一冬的鸟儿们，重逢了，从四面八方。它们在那排玉兰树上，快乐地跳来跳去，翅膀上驮着阳光，叽叽喳喳，叽叽喳喳。积蓄了一冬的话，有得说呢。

江南的梅，早已沸沸成一段往事了吧。在江北，它们才刚刚抵达，一切都还新鲜着。我也只当是初见。

黄昏时出门，一路看过去。有时是和几只鸟一起看。鸟停在一旁的柳树上，也不鸣啭，也不跳动，它们被哪朵花迷住了，一副喝醉酒的样子。我看看鸟，看看花，笑了。

有时，是和几只小蜜蜂一起看。小蜜蜂们忙得很，千万朵花，它们不知先吻哪一朵好了。就在花上面乱飞着，举棋不定。我恨不得替了它们，这朵呀，这朵呀！哦，哪一朵都是一样的。

真的一样。每朵花，都是精巧而细嫩着的。刚绽开时，一朵的红，特别艳。开着开着，那颜色就淡了下来，变成胭脂粉。一棵树看上去，浓妆淡抹，疏密有致，倒像是精心而为的。

我终于等到小蜜蜂，跟一朵花吻上了。它撅着小小屁股，头整个地埋进花朵里，完全地陶醉了。它和春天吻上了。夕照的光芒，像飘拂的丝线，一根一根拉下来。暖风轻轻拂着，一切，妙不可言。

春暖的时候，茅草房四周围的油菜花都开了，波浪般的铺展开来，茅草房便成了那波浪上荡着的一扁舟。我们倚了土墙而坐，太阳暖融融倾泻下来，茅草房是暖的，土墙是暖的，人是暖的。几个小伙伴在晒暖之后，会沿着土墙寻找野蜂的窝。野蜂把它的窝安在土墙里，墙上会留有一个蚕豆大小的洞，我们比赛着谁找得多。

也有燕子啾啾从我们头顶上飞过。燕子把窝搭在我家的屋梁上，外形像个大菠萝，非常的漂亮。不久，那窝里传出雏燕呢喃的声音。每每这时，我那不苟言笑的爷爷，也会望一眼燕巢，含笑点头道：生小燕子了。我们每天就多了一项乐趣，就是观看燕爸爸燕

妈妈飞进飞出地忙，观看小燕子圆而小的小脑袋，挤在窝门前，叽叽喳喳等着喂食。

一只鸟，蹲在楼后的杉树上，我在水池边洗碗的时候，听见它在唱歌。我在洗衣间洗衣的时候，听见它在唱歌。我泡了一杯茶，捧在手上恍惚的时候，听见它在唱歌。它唱得欢快极了，一会儿变换一种腔调，长曲更短曲。我问他："什么鸟呢？"他探头窗外，看一眼说："野鹦鹉吧。"

春天，杉树的绿来得晚，其他植物早已绿得蓬勃，叶在风中招惹得春风醉。杉树们还是一副大睡未醒的样子，沉在自己的梦境里，光秃秃的枝丫上，春光了无痕。这只鸟才不管这些呢，它自管自地蹲在杉树上，把日子唱得一派明媚。偶有过路的鸟雀来，花喜鹊，或是小麻雀，它们都是耐不住寂寞的，叽叽喳喳一番，就又飞到更热闹的地方去了。唯独它，仿佛负了某项使命似的，守着这些杉树，不停地唱啊唱，一定要把杉树唤醒。

　　窗台上，搁着两只养水仙花的盆，里面有鹅卵石几粒，别无他物。但一些小鸟，就是喜欢在里面啄食，跳跳蹦蹦。我把吃剩的饭粒，倒一些进去，一会儿，飞来几只小麻雀，它们叽叽喳喳，快活

得不得了。

也有另外的鸟加入进来，喜鹊和白头翁。白头翁实在算得上是漂亮的鸟，头顶一撮白，像顶着朵小白花。羽毛是灰中带着墨绿的，缎子似的，哪里就老得像老头儿了？我为它叫屈。它却不在意，快乐地啄了一口食，"腾"地跃上楼前一棵树上去了，还回头看一看，完全偷吃的样儿。

实在不能不注意到那只鸟。

我在室内，被一阵阵鸟叫声牵住。怎么形容呢？像谁在吹口哨，一会儿急促，一会儿舒缓。又像两只鸟在兴奋地聊天，这个话音还未落呢，那个已抢过话头去，啾唧啾唧地说起来，迫不及待想告诉对方什么好玩的事，似孩童般欢天喜地。

我追过去看。原来是一只鸟，立在隔壁人家的屋顶上。西边的阳光打过来，它的身影，成可爱的剪影，像一棵小草。它独自待在那里，欢乐不已，自说自话。可它分明不是自说自话，它在说给风听，说给阳光听，说给屋旁的一棵银杏听。那些嫩绿的银杏叶子，每一片，都镶着银。

◆同步诗词

春中喜王九相寻（节选）

（唐）孟浩然

二月湖水清，家家春鸟鸣。

林花扫更落，径草踏还生。

破阵子

（宋）晏殊

燕子来时新社，梨花落后清明。池上碧苔三四点，叶底黄鹂一两声，日长飞絮轻。

巧笑东邻女伴，采桑径里逢迎。疑怪昨宵春梦好，元是今朝斗草赢，笑从双脸生。

敷浅原见桃花

（宋）刘次庄

桃花雨过碎红飞，半逐溪流半染泥。

何处飞来双燕子，一时衔在画梁西。

◆ 同步生字

tuó	chú	zhuàn	duàn	xiāng
驮	雏	啭	缎	镶

◆ 同步词语

jī	ji	zhā	zhā		pū	zhǎn
叽	叽	喳	喳		铺	展

bù	gǒu	yán	xiào		huǎng	hū
不	苟	言	笑		恍	惚

◆ 文字游戏

1. 仿写句子

（1）院墙内，一排的玉兰树，上面的花苞苞，撑得快破了，像雏鸡就要拱出蛋壳。

（2）我在阳台上小坐，看到一只睡醒了的蜜蜂，在窗户的缝隙间，探险般的，左冲右突。

（3）鸟停在一旁的柳树上，也不鸣啭，也不跳动，它们被哪朵花迷住了，一副喝醉酒的样子。

（4）我在室内，被一阵阵鸟叫声牵住。怎么形容呢？像谁在吹口哨，一会儿急促，一会儿舒缓。

2. 短文练习

（1）你认识哪些昆虫？能用文字描绘出它们的样子吗？有没有与它们发生过有趣的事儿呢？写下来。

（2）梅子老师喜欢做的事是听鸟儿们唱歌和说话。有时在路上走着走着，梅子老师就停下来了，原来呀，有两只鸟在路边的树上拉家常呢。也有时梅子老师正在看书，突然被窗外小鸟的歌声吸引了去，傻傻地听半天免费的音乐。真正是快乐啊。

你有没有听过小鸟唱歌和说话？写下它们与你相遇的经历。

◆涂涂画画

　　画画春天的小虫子：蚂蚁，蜜蜂、小粉蝶。画画春天的小燕子，翅膀上驮着绿绿的小草和小花朵。

9 春天的趣事

拔茅针

春天来的时候，大地在一夜间换了新装。绿，绿不尽地绿。

河边的白茅们也绿了，"唰"的一下，探出尖尖的小脑袋来。

我们去拔茅针，那是春天馈赠给孩子的零食。

茅针其实是白茅的嫩芽，形似针状，剥开来，里面是又白又嫩的穰。丢进嘴里，水汪汪，甜滋滋的。

那时我尚不知，这种好吃的天然的零嘴儿，是从远古的《诗经》年代，一路走过来的。"静女其娈，贻我彤管。"春暖花开的时节，美丽的牧羊女，去见约会的小伙子，拿什么做礼物好呢？她踯躅半晌，最后聪明地，拔了一把茅针带给他。

小伙子当然心领神会，他心花怒放，收下茅针当珍宝。"匪女之为美，美人之贻"——不是你这茅针有多好啊，实则因为，它是我心爱的姑娘所赠送的啊。

　　真正是没有比这个更适合做礼物的了。民间爱恋，原是这等的朴素甜蜜，野生野长着，却自有着它的迷人芳香。

　　后来，读宋时范成大的诗，看到他写的拔茅针，我乐了。无论沧海桑田如何轮转，这俗世的活法，却如出一辙，生生不息着。不妨读读他写的：

　　　茅针香软渐包茸，蓬櫑甘酸半染红。

　　　采采归来儿女笑，杖头高挂小筠笼。

　　我们带上的却不是小筠笼，我们挎的是猪草篮子，很大个儿的。猪草篮子早就被搁到一边去了，我们拔呀拔呀拔茅针。肚子吃得溜圆了，吃得不想再吃了，还是拔。把全身上下的衣兜都装满了，还是拔——可见得，人生来都是贪的。那满地的茅针，哪里就拔得完呢！拔回家去，多半也被扔了。我奶奶不许我们放着过夜，

说吃了过夜的茅针会耳聋的。又说，茅针放在家里过夜，会引了蛇来。

我偷偷试验过，把茅针藏在枕头底下，却没有耳聋，亦没有蛇来。我很高兴。原来，大人的话，也不能全信的。

挖荠菜

春天里，去挖荠菜，是一大趣事。

这个时候，野地里的荠菜正鲜嫩。我们呼吸着四野清新的风，沐着花一样的暖阳，手提篾篮，走在田埂道上。眼睛扫视着泛绿的大地，哪块地阴草下藏着荠菜，哪条地沟边的茅草丛中潜伏着荠菜，我们都能在第一时间发现。荠菜锯齿般的叶子，很特别。一个下午，我们能挖上大半篮子。

荠菜挖回家，吃法可多了，可凉拌，可清炒，可跟豆腐一起搭配着烧。最好的吃法，要数把它剁碎了，跟肉末子搅拌了做馅，包饺子好吃，烙糯米饼也好吃。我上大学那阵儿，想家，其中最想念的，就数荠菜糯米饼了。我妈后来烙了一大包，辗转坐汽车，送到我的学校去。一宿舍的同学，像过节一般，狠狠庆祝了一通。至今想起，仍不可思议，我那大字不识一个的妈妈，我那从未出过远门的妈妈，如何顺利抵达我的学校，把一包荠菜糯米饼送到我手里的。唯一的解释，只能是爱了。母亲的爱能通天。

　　还有一种比较高档的吃法：包春卷。馅是以荠菜为主，包好，油炸，炸得金黄金黄的，透出里面点点鲜绿。咬一口，滋味鲜美得让心儿发颤。不得不佩服我们的老祖宗，在吃上玩尽智慧，居然想出包春卷。把春天卷进去，卷进去，春天就溜不走了。

蚕豆项链

　　油菜开始结籽，麦穗开始饱满，青蚕豆能吃了。

　　每天傍晚，我奶奶做晚饭前，她会拿棉线给我穿一串蚕豆项链。蚕豆项链扔在粥锅里，当粥熬好了，蚕豆也熟了。她捞起那串蚕豆项链，在凉水里浸一浸，套到我的脖子上。

我的脖子立即丰厚起来,我奔跑出去,在小伙伴跟前显摆。然后,一粒一粒,和小伙伴们慢慢分吃了它。黄昏的金粉,铺了一地。那样的黄昏,那样的豆香,一直留存在我的记忆里。每想起,情不能抑制,我很想我的奶奶了。

放风筝

三月天,放风筝。

我们找不到上好的绢做风筝,连好看一点儿的纸也没有。我们就用捡来的破塑料纸做,在上面插上晒干的野花,它看上去也是漂亮无比的。

妈妈纳鞋底的棉线,被我们偷来当风筝线。我们的风筝,歪歪扭扭飞起来,飞得不高,也不稳,像只受了伤的花喜鹊。然跟在后面奔跑着的那些小脚丫,却跳跃出无限的欢喜。啊,春光四溅哪。我们放飞的,原是那个叫"童年"的梦想,想飞,想远行。

◆同步诗词

食荠（节选）

（宋）陆游

日日思归饱蕨薇，春来荠美忽忘归。

传夸真欲嫌茶苦，自笑何时得瓠肥。

晚春田园杂兴之一

（宋）范成大

茅针香软渐包茸，蓬蘽甘酸半染红。

采采归来儿女笑，杖头高挂小筠笼。

村居

（清）高鼎

草长莺飞二月天，拂堤杨柳醉春烟。

儿童放学归来早，忙趁东风放纸鸢。

◆ 同步生字

kuì	ráng	yí	zhé	suì
馈	穰	贻	辙	穗

◆ 同步词语

kuì	zèng	zhí	zhú	zhǎn	zhuǎn	yì	zhì
馈	赠	踯	躅	辗	转	抑	制

◆ 文字游戏

1. 仿写句子

（1）春天来的时候，大地在一夜间换了新装。绿，绿不尽地绿。

_____

_____

（2）我们呼吸着四野清新的风，沐着花一样的暖阳，手提篓篮，走在田埂道上。

（3）黄昏的金粉，铺了一地。那样的黄昏，那样的豆香，一直留存在我的记忆里。

2．短文练习

（1）春天的美味多，比方说，枸杞头。比方说，荠菜。比方说，春笋。它们身上，有着春天鲜嫩的气息。

在春天，你吃过的美味有哪些呢？让它们走进你的文字里好吗？让更多的人，从你的文字里，闻到它们的清香，体味人生的乐趣。

动手制作一款美味，写下你制作它的全过程。有时，动手做比吃更有趣味哦。

_____

_____

_____

_____

（2）在春天，你做过哪些有趣的事？是栽下了一棵树，还是种了一朵花？是去野地里寻过虫子，还是在清风里放过风筝？写下这些趣事，让它成为你人生行囊中美好的珍藏。

_____

_____

_____

_____

◆ **涂涂画画**

1. 你见过荠菜花吗? 画下它们细眉细眼的样子。

2. 画一幅放风筝图。展开想象，这放风筝的可以是你，也可以是小兔子、小猫、小狗、小鸟等动物朋友。

《春暖花开》

很喜欢周艳泓的《春暖花开》，不管什么时候听，都有种春风拂面的感觉。

曲调一起，你这边尚无准备，它那边已灿烂成一片。冬天厚重的门帘，被谁一掀而开，哗啦啦的阳光直奔而来，波涛翻滚一般，晃花了人的眼。蛰伏了一冬的鸟儿，"扑"的一声，飞上了高空。似乎听到哪里在喊，快走呀，快走呀，快到那陌上去呀。

陌上有什么？哦，草绿了，花开了，蜜蜂出来了，蝴蝶出来了。

曲子的节奏明快、豪迈、奔放、活泼，再阴暗潮湿的地方，也被照得温暖明亮。心上的坚冰，就那么一点一点化了，笑容不知不觉爬上脸颊。你看，再长的冬天也会过去，春暖花开就等在后头。生活中，还有什么坎不能迈过去的呢？

每一个音符，都珠圆玉润着，裹着大把大把的色彩，绿的，红的，黄的，紫的，五彩缤纷。人被这样的乐曲撩拨着，身上每一个沉睡的细胞，都被唤醒，脚下像被安上了弹簧，真想跳舞啊，真想欢呼啊。

那么跳吧，那么欢呼吧！

"春季已准时地到来，你的心窗打没打开？对着蓝天许个心愿，阳光就会走进来。"亲爱的，你的心窗打开了吗？

《初见》

《初见》好听，宜在初春听。

古筝伴以古琴，袅袅婷婷。纤手轻捻，素手轻弹。旋律轻轻绽放，宛如清水洗尘，嘀嗒闪亮，悠悠绵远。

这是尘世里的初相见。

轻轻一下，小草钻出了泥土，浅绿嫩黄的叶茎，如同小姑娘的眉睫，在微风里轻轻颤动。

再轻轻一下，春花初绽。颜色一点一点泄露了心中的秘密，只一个照面，就俘虏了一个春天。

再再轻轻一下，河水初涨。清风拂来，水波流转，游鱼轻吻上桃花的倒影。

明月初现。一弯，如一棵豆芽，长在谁家的屋角上？

一只小黑猫，跃上了谁家的屋顶？它蹲坐着，呆呆望着那弯新月。有馨香，顺着月光流淌。

山谷之中，一棵孤独的树，云朵在它的头顶上飘啊飘。一个人赶着一群羊，静静地走过开满红花的山墙头。我看着他，他的身上驮着云朵的影子，他不知，一径地走了，走成山谷中的一幅画，走成我记忆里最美的遇见。

雪山。松涛。湖边的黄花朵红花朵，开不尽。当地人告诉我，开黄花的就叫"黄草花"。开红花的就叫"红草花"。多么直白的叫唤，就像唤自家儿女。因为热爱，才有亲昵。蹒跚学步的娃娃，揪一朵小花在手里，认真端详，他咿咿呀呀对着花说话。两两相映，他是花，花也是他。

青春年少，他遇见她，她低头浅浅的一笑，让他记了一辈子。虽然他们后来并无交往，他甚至不知道她的名姓。

只因啊，这是人世间的初相见。

《且吟春踪》

空灵的音乐，加上古筝的绝响，恰似一股清泉，曲折而下。又似旷野里一捧夜色，让人温柔地沦陷，是地老天荒哪。

整首曲子，舒缓潺湲，纤尘不染。是在那高高的山上，流云和青山嬉戏，风吹来花的香。是在那古刹之中，檐角挂着小铃铛，一下一下地，发出清脆的丁零声。有鸟飞过屋顶，成双成对。落光叶的树上，开始长毛毛了，枝条舒展，柔软。远处人家，有鸡在草丛中觅食。蜜蜂该出来了吧？种子在地里欢唱。阳光，如佛光一样的，剔透耀眼。

乐曲不疾不徐，轻轻流淌。似清风，翻开一页一页的书，一页有流水叮咚，一页有窗前好春色。佛前的青莲，在轻弹慢拨之中开了花。那些长夜的祷求，为的什么呢？六根未净，苦海无边，但，终有一天，心，会净化得一尘不染。再厚的重帷，亦挡不住春光。

乐曲继续舒扬，空气中，满是春天的味道，清新、恬淡。心，在乐曲的潺湲里，慢慢靠近禅，无求无欲。屋后累积了一冬的冰，开始消融了，听见草长的声音。亦听见，绿们正整装待发，只待一夜春风起，便染它个江山绿透。

《桃花渡》

这首《桃花渡》是陈悦演奏的。陈悦擅长箫和笛。

她赋予箫和笛以魔力。听她吹，容易上瘾。每一个音符，从她的嘴底下飞出来，都是迷人的小妖精。何况，曲子的名字还这么美！曲子的旋律还这么美！

第一次听，是在苏州。一个书香气氛浓郁的酒店。我在一楼的餐厅吃早饭，餐厅里人声喁喁，窗玻璃上映着竹和凌霄花，背景音乐若有似无飘着。陈悦的箫声突然响起来，我举箸的手，停在半空中。当时不知曲名，只觉得曲子极美。艳美。

　　我跟着曲子走出去。春天的原野，花红花白，柳丝纷飞。青衫时光，追风的少年，如水的眸子。唇红齿白的少女，在花树间穿行，发丝上系着一缕清风。老屋的屋顶上，泊着白月光，一只黑色的猫，蹲在那里。蓝印花布在空中飘。山涧小溪，流水淙淙，荡着落花的影子。着白衫的背影，淹没于万朵桃花深处。渡口边，一个挥手，就成永远。江清月白，杳然无踪。

　　一首好的曲子，就是一部戏剧。就是一部电影。就是一本小说。起伏的人生，跌宕的情怀。别离和欢聚。恩爱和情仇。到最后，都化成烟水两茫茫了。

　　搜寻得知，曲名叫《桃花渡》。我又在这曲名沦陷了一回。美，美得忧伤。渡口取名"桃花渡"，或许真有桃花，或许未必有，但一定有一个关于桃花的故事在。是桃花纷飞的季节，渡口相送，山长水阔。从此，刻骨的相思，在骨头里日夜炸响。人生不怕离别，怕的是离别之后，再无相见之日。

　　明代画家沈贞写过一首《桃花渡》：

　　渡头浑似曲江滨，谁种桃花隔世尘。

红雨绿波三月暮，暖风黄鸟数声春。

舟横落日非无主，树隔层霞不见人。

几欲前源访仙迹，迷茫何处问通津。

这样的渡口，有树有花，有鸟雀含着春天，一路鸣唱着，飞过烟雨绿波。可是，却那么叫人心伤。舟横落日，不见人。

一生中不求其他，能够终身厮守，哪怕没有诗和花，也是好的。

◆同步诗词

桃花渡

（明）沈贞

渡头浑似曲江滨，谁种桃花隔世尘。

红雨绿波三月暮，暖风黄鸟数声春。

舟横落日非无主，树隔层霞不见人。

几欲前源访仙迹，迷茫何处问通津。

◆同步生字

xiān	zhé	niǎn	lǔ	yú	zhù	dǎo
掀	蛰	捻	虏	喁	箸	祷

◆同步词语

liǎn jiá	zhū yuán yù rùn	niǎo niǎo tíng tíng
脸 颊	珠 圆 玉 润	袅 袅 婷 婷

fú lǔ	xīn xiāng	pán shān	chán yuán
俘 虏	馨 香	蹒 跚	潺 湲

◆文字游戏

1. 仿写句子

（1）每一个音符，都珠圆玉润着，裹着大把大把的色彩，绿的，红的，黄的，紫的，五彩缤纷。

（2）轻轻一下，小草钻出了泥土，浅绿嫩黄的叶茎，如同小姑娘的眉睫，在微风里轻轻颤动。

（3）乐曲不疾不徐，轻轻流淌。似清风，翻开一页一页的书，一页有流水叮咚，一页有窗前好春色。

2. 短文练习

除了梅子老师提到的这些曲子外，你还喜欢哪些春天的歌曲？写下你的感受，与大家分享一下好吗？

◆ 涂涂画画

大胆运用想象，画出一个你最喜欢的春天。有小花在盛开，有小树在长叶，有小鸟在歌唱，有风筝在飘飞……都可以。春天也可能是一个身穿彩衣的女孩子呢，她的身上，还长着一对斑斓的翅膀哦……

11 唱给春天听的歌

春天的绿来了

春天的黄来了

春天的红来了

春天的紫来了

春天

长着这样一张千变万化的脸

千万张春天的脸

叫我眼花缭乱

一棵柳叫人沦陷

一棵桃叫人沦陷

一棵海棠叫人沦陷

一朵小小的蓝碟般的婆婆纳

我恨不得变成

摆在它碟中央的小点心

我就这样

把自己献给春天好不好呢

春水初生，春绿新出，春花初绽，春心荡漾

不荡漾不行啊

春风、春光都是叫人成魔的

不知谁御驾着春风

和花朵一起到来

倘若我在花树下遇见你

你就是我的唯一

◆文字游戏

梅子老师对着春天唱了一首歌，你喜欢吗？你也可以创作一首歌献给春天的。啦啦啦，那么就让我们一边写，一边画，一边唱吧。

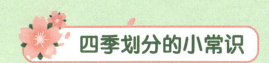

四季划分的小常识

在我国，四季划分有不同标准：

天文学上

以春分、夏至、秋分、冬至分别作为春、夏、秋、冬四季的开始。

春分：每年公历三月二十日或二十一日。

夏至：每年公历六月二十一日或二十二日。

秋分：每年公历九月二十一日或二十二日。

冬至：每年公历十二月二十一日、二十二日或二十三日。

民间习惯

以农历一、二、三月为春季；四、五、六月为夏季；七、八、九月为秋季；十、十一、十二月为冬季。

气候统计上

以公历三、四、五月为春季；六、七、八月为夏季；九、十、十一月为秋季；十二月和次年一、二月为冬季。这种四季分法与四季分明的温带地区较为符合。